CB003185

ROSANA RIOS

O outro lado da história

2ª EDIÇÃO

1ª edição 1992

COORDENAÇÃO EDITORIAL Maristela Petrili de Almeida Leite
EDIÇÃO DE TEXTO Erika Alonso, Elizabeth Griffi Mariano
COORDENAÇÃO DE PRODUÇÃO GRÁFICA Fernando Dalto Degan
COORDENAÇÃO DE REVISÃO Estevam Vieira Lédo Jr.
REVISÃO Ana Maria C. Tavares
EDIÇÃO DE ARTE/PROJETO GRÁFICO Ricardo Postacchini
ILUSTRAÇÕES E CAPA Manu Maltez
DIAGRAMAÇÃO STAF/Ana Maria Onofri
TRATAMENTO DE IMAGENS Rubens Mendes Rodrigues, Rodrigo R. da Silva
SAÍDA DE FILMES Helio P. de Souza Filho, Marcio H. kamoto
COORDENAÇÃO DE PRODUÇÃO INDUSTRIAL Wilson Aparecido Troque

IMPRESSÃO E ACABAMENTO PlenaPrint
LOTE 291061

Dados Internacionais de Catalogação na Publicação (CIP)
(Câmara Brasileira do Livro, SP, Brasil)

Rios, Rosana
O outro lado da história / Rosana Rios. — 2. ed. — São Paulo : Moderna, 2003. — (Coleção veredas)

1. Literatura infantojuvenil I. Título. II. Série.

03-1012 CDD-028.5

Índices para catálogo sistemático:
1. Literatura infantojuvenil 028.5
2. Literatura juvenil 028.5

ISBN 85-16-03631-6

EDITORA MODERNA LTDA.
Rua Padre Adelino, 758 - Belenzinho
São Paulo - SP - Brasil - CEP 03303-904
Vendas e Atendimento: Tel. (0_ _11) 2790-1300
Fax (0_ _11) 2790-1501
www.modernaliteratura.com.br
2020

Impresso no Brasil

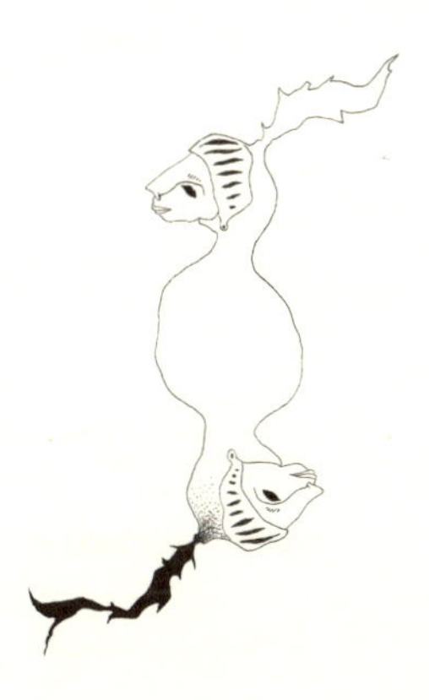

A todos nós, que nunca
sabemos se seremos mocinhos
ou bandidos da história.

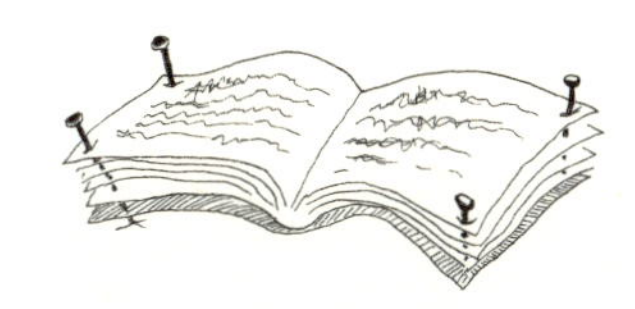

Sumário

Prefácio

Eu era apenas um prefácio. Minha função era aparecer no começo do livro e dar algumas explicações sobre a história. Aliás, é bom dizer que eu estava satisfeito com isso; pertenço a uma antiga família de prefácios — e dos bons, dos que deixam o leitor morrendo de vontade de ler. Em minha família não existem aqueles prefácios chatos, que fazem qualquer um fechar o livro na hora e ir correndo assistir à televisão!

Como eu dizia, estava contente com minha função. Não poderia imaginar que coisas estranhas aconteceriam no meio da história! Pois todos os livros que conheço só têm um lado: o do Autor. Os personagens fazem o que ele quer e pronto! Como foi que os personagens deste aqui implicaram com seus papéis, eu não sei. Só sei que eles brigaram com o Sumário — e o coitado só queria cuidar para que cada um entrasse no capítulo certo e do jeito certo!

O resultado foi este: todo mundo indo e vindo na história, dizendo o que quer. É o fim!

Não pensem que eu quero desanimá-los, leitores. Só quero avisá-los. A culpa não será minha se outras coisas estranhas acontecerem e vocês também acabarem metidos no embrulho! Por isso lembrem-se de que eu sou (ou era) apenas um prefácio. E, se alguém tem culpa do que aconteceu, deve ser o Autor.

Queixem-se a ele!

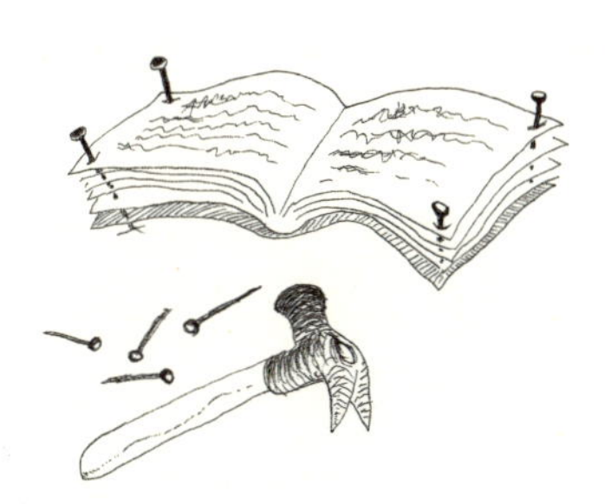

Fala o Sumário

Está enganado, Prefácio. A culpa não é do Autor; é do personagem principal, que começou a ter ideias demais e se meteu a dizer o que pensa. Claro que eu não poderia aceitar um absurdo desses! Espero que o Príncipe e os outros malucos voltem cada um para seu capítulo e deixem a história em paz. E que os leitores não liguem para o que eles disserem! Leiam o livro como deve ser lido, com cada capítulo em sua página e cada página em seu lugar!

Capítulo I

Do nascimento e da carreira de um príncipe

Há muito tempo atrás, num reino tão distante quanto desconhecido, nasceu o herói desta história. Era filho único de um poderoso rei, que festejou durante sete dias e sete noites o nascimento de seu herdeiro.

Todo o povo do reino comemorou o acontecimento, levando presentes ao Rei e à Rainha. Até os entes sobrenaturais compareceram: os duendes da floresta levaram mudas das plantas mágicas colhidas em seus domínios. De seu castelo invisível além do lago, a Fada protetora do reino enviou sete chuvas benéficas para fertilizar campos e jardins.

E mesmo um ancião que vivia nas montanhas — o homem mais sábio de todos os reinos — mandou ao Rei um medalhão dourado, dizendo que, se o Príncipe o procurasse levando o medalhão quando crescesse, ele lhe ensinaria as ciências da sabedoria.

O Rei e a Rainha faziam muitos planos, esperando que o principezinho crescesse saudável e fosse querido pelo povo quando chegasse sua vez de reinar; os festejos foram os mais alegres de que se tem notícia na história daquele reino.

Fala o Príncipe

A vida toda me perguntei por que os autores das histórias só mostram um lado de tudo o que acontece. Para mim, as coisas nem sempre são o que parecem... Se os próprios personagens pudessem dar sua versão dos acontecimentos, garanto que todos os livros seriam mais bem entendidos!

Foi por isso que convenci os outros personagens desta história a contar o que pensavam quando faziam o que o Autor mandava; e também os detalhes esquecidos, aqueles de que ninguém se lembrou. Por exemplo: é bom esclarecer a verdade sobre as tais comemorações que fizeram quando nasci.

Claro que não consigo lembrar-me delas, mas lembro-me muito bem do que ouvia minha mãe contar sobre a festa. Dizia que morria de dor de cabeça cada vez que soltavam fogos ao lado do castelo. Que os tais sete dias e sete noites de festa acabaram com o orçamento do Rei naquele mês. E que ela, as damas e aias passaram três semanas limpando o castelo, pois havia docinhos pisados e sanduíches meio mordidos por toda parte!

Era só minha mãe falar nisso, e meu pai discutia por causa de uns bolos que ela esqueceu de servir aos convidados e que eles tiveram de comer todas as noites ao jantar durante um mês. Terminava reclamando de que, se não fizesse uma festa daquelas, seria chamado de avarento por todos os reis vizinhos...

Os festejos mais alegres de que se tem notícia, uma ova! Os mais caros talvez, a julgar pelas contas que meus pais, anos mais tarde, faziam sobre os gastos.

O Rei contratou os melhores mestres do reino para ensinar ao filho tudo o que um príncipe deve saber.

Ele aprendeu a ler, a escrever, regras de boas maneiras. Ao completar sete anos começou a ter aulas de esgrima e equitação, para que crescesse sabendo tudo sobre lutas com espadas e montasse a cavalo com perfeição.

A Rainha orgulhava-se de tudo que via o filho fazer e guardava com ela o medalhão mandado pelo Velho Sábio. Às vezes o Rei lhe dizia:

— Esse é o presente mais valioso que nosso filho recebeu ao nascer.

— Que absurdo! — discordava sua esposa. — Os reis vizinhos nos enviaram presentes de ouro e prata, muito mais valiosos que esse velho medalhão de lata.

— Ouro e prata os ladrões carregam — teimava o Rei —, e o medalhão é a chave para os conhecimentos do velho das montanhas. Torne-se nosso filho um sábio, e isso ninguém poderá roubar-lhe!

— Veremos — arrematava a Rainha — se o Velho ensinará ao menino mais do que todos os professores que contratamos!

O tempo passava e o principezinho crescia, aprendendo tudo o que os pais achavam que precisaria saber quando fosse rei.

Fala o Príncipe

Eu devia ter uns sete anos quando descobri que ser príncipe era muito chato. Para começar, não me deixavam brincar com a turma da rua, só com os filhos dos nobres que viviam no palácio. Os meninos que jogavam bola na rua eram tão mais divertidos! Depois, tinha aula o dia todo — eu até gostava de geografia, história, matemática; o que não suportava era a aula de boas maneiras... Lutar com espadas e montar a cavalo seria interessante se os professores não falassem o tempo todo em guerras, exércitos, defesa e outras bobagens. Eu lá queria guerrear!

Naquela época, nem imaginava por que o Autor do livro me fizera viver numa história tão boba. Mais tarde comecei a achar que viver um conto de fadas com reis, princesas, bruxas e duendes era uma enorme falta de imaginação. Quando fiz dezoito anos, tinha certeza de que minha vocação era para sapateiro, pintor, tecelão. Qualquer coisa, menos príncipe!

Pouco antes de o filho fazer dezoito anos, o Rei lembrou-se das palavras do Velho Sábio: ele lhe ensinaria muitas ciências se o procurasse nas montanhas, levando o medalhão como sinal. E, na noite do aniversário do Príncipe, comunicou a toda a família real a decisão que tomara.

— É chegada a hora de nosso filho deixar o castelo. Que tome o medalhão do Sábio e procure por ele nas montanhas. Será uma longa viagem e o rapaz mostrará que tem coragem e capacidade para enfrentar o perigo.

O Príncipe não desejava deixar o reino; não se sentia atraído para aprender as tais ciências.

— Não sei o que um velho ermitão terá para me ensinar! — dizia. — Para que enfrentar perigos inutilmente?

Mas o Rei foi inflexível: achava que o filho ainda não aprendera o bastante para reinar no futuro. Os dois discutiram a noite toda e, afinal, o rapaz achou que seria melhor mesmo viajar, já que o pai estava zangado a ponto de querer expulsá-lo do reino.

Despediu-se da Rainha, recebendo o medalhão que ela lhe entregava.

Na manhã seguinte partiu, levando apenas o cavalo, a capa, a espada e um alforje com algum alimento. Tinha pendurado ao pescoço o medalhão, que o faria ser recebido pelo Velho.

Fala a Rainha

Eu não ia dizer nada. Desde que a história começou, tenho ficado quieta em meu canto, fazendo o que se espera que uma Rainha faça. Mas meu filho diz que não é por sermos personagens que não podemos dar opinião! E vou dar a minha, o Sumário que me desculpe. Acontece que nunca me conformei com aquela história de medalhão. O Autor chega e diz que eu tenho de entregá-lo ao menino, como se fosse a coisa mais fácil do mundo; nem pensa que dezoito anos se passaram e que eu não tinha a menor ideia de onde ele poderia estar! Colocamos todo mundo para procurar e ninguém o encontrava nos baús, nas prateleiras ou nos cofres. Ainda se tivéssemos armários decentes no castelo! Mas o Rei sempre foi tão teimoso! Quando eu pedia para mandar fazer armários embutidos, que são muito mais práticos, ele dizia:

— O Autor não pôs isso na história.

Ora, o Autor! Ele também não disse que nós teríamos guardas e cavaleiros — e nós tínhamos guardas e cavaleiros.

— Mas isso está subentendido — continuava meu marido. — Se ele diz que sou um rei poderoso, espera-se que eu tenha guardas e cavaleiros.

Então eu punha as mãos na cintura e discutia:

— Pois se ele diz que sou uma Rainha feliz, também se espera que eu tenha armários embutidos! Como alguém pode ser feliz sem eles?

Não adiantava. O Rei vinha com a choradeira sobre os gastos do reino, e eu ficava sem os armários — subentendidos ou não.

O resultado foi que tínhamos de guardar tudo em baús, prateleiras e cofres, e nunca se encontrava o que se procurava, como no caso do medalhão. Finalmente, depois de dez dias, encontrei umas botinas velhas do Rei, amassadas no fundo de uma caixa. Não é que dentro da botina esquerda estava o medalhão?

Ufa! Somente assim pude entregá-lo ao Príncipe na noite de seu décimo oitavo aniversário. Cheirava um pouco a chulé de rei, mas eu achei que a essa altura o Sábio estaria tão velho que nem sentiria os cheiros direito.

Foi assim que fiz o que o Autor queria e vi partir meu querido filho, atrás de aventuras, sabedoria e sei lá o que mais.

Capítulo II

A viagem e o encontro com o Cavaleiro Indigno

As montanhas ficavam muito longe do castelo. Além de atravessar os campos pertencentes ao Rei Vizinho, o Príncipe teria de passar pela floresta e pelo lago, cheios de entes misteriosos.

O rapaz galopou durante três dias. Enquanto esteve nas terras de seu pai, sentia-se bem; todos o conheciam e cumprimentavam. Mas quando a estrada se tornou vazia e os campos cultivados viraram um deserto, começou a ficar aborrecido.

Não só sentia falta de companhia como desconfiava de que naquelas plagas se escondiam salteadores. O último camponês que encontra-

ra, levando cestos de cereais às costas, tentara avisá-lo:

— Tenha cuidado, Príncipe! Ouvi dizer que o Cavaleiro Indigno anda por perto, rodeando o castelo do Rei Vizinho. Não passe por ali, pode ser perigoso!

O Príncipe riu, fazendo-se de valente.

— Ora, esse Cavaleiro Indigno é só uma lenda que as avós inventaram para assustar os netos. Não se preocupe comigo!

Esporeou o cavalo e saiu a galope, deixando o homem admirado com sua coragem.

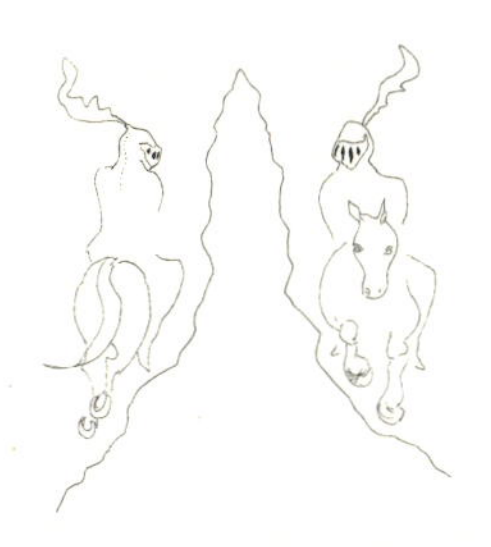

Fala o Camponês

Já que todo mundo pode dizer o que pensa, eu também vou falar.

Não fiquei assim tão admirado com a coragem do Príncipe, não. Só fiz o que esperavam que eu fizesse; já foi uma grande coisa ter aparecido um papel para mim nesta história! Os autores gostam muito é de reis e nobres, não veem graça em colocar pessoas simples como eu no meio da aventura.

Mas, mesmo estando satisfeito por aparecer, bem que eu gostaria de que fosse diferente. Por que tudo tem de ser como de costume? Lá se ia o Príncipe, com aquela cara de bonzinho, ao encontro do malvado Cavaleiro Indigno — aposto que para uma boa briga.

Naquele dia, na estrada, eu me sentei numa pedra e fiquei pensando nisso. E se as coisas não acontecessem como o Autor queria? E se o Príncipe não fosse tão heroico? E se o Cavaleiro não fosse tão Indigno?

Minha participação na história termina aqui, mas bem que eu gostaria de ficar e ver no que é que isso tudo vai dar!

O Príncipe logo notou que estava em terreno hostil. Tudo parecia meio abandonado... "Lugar ideal para bandidos", pensou.

Foi só pensar e as coisas começaram a acontecer. Ao passar entre dois barrancos, ouviu ao longe um riso desagradável.

— Aonde vai com tanta pressa? — uma voz soou, entre risadas.

O Príncipe parou, mas não apeou do cavalo. Olhou para os lados, para trás, para a frente e não viu ninguém.

— Quem está aí? — chamou.

A voz veio mais alta, rindo dele:

— Descubra sozinho, se é capaz!

Rapidamente o Príncipe seguiu em frente. O dono da voz devia estar escondido pelas pedras que enchiam o lugar. Talvez indo mais adiante conseguisse vê-lo. De fato, estrada acima teve uma visão melhor do terreno; pôde até vislumbrar, entre as grandes pedras no alto do barranco, um vulto galopando como se conhecesse muito bem aqueles caminhos.

"O Cavaleiro Indigno!", murmurou.

Enquanto olhava para a frente, não percebeu que o outro dera a volta por trás das rochas, chegando agora bem às suas costas, sempre protegido por uma larga faixa de pedras.

A risada desagradável tornou a soar.

— Precisa aprender muito se quer surpreender ao senhor destes domínios, rapaz!

O Príncipe virou a montaria para o lado oposto. Estava ficando irritado com a conversa daquele desconhecido.

— O senhor destes domínios é um rei, não um bandoleiro qualquer!

Ao ouvir falar no rei, o Cavaleiro Indigno — pois era ele — pareceu enfurecer-se. Recuou com seu cavalo, ficando ainda mais oculto pelas pedras.

— Siga seu caminho! — a voz ecoou pelo barranco. — E afaste-se do castelo do rei daqui se não quiser acabar ferido...

A voz foi abafada pelo ruído dos cascos do cavalo batendo nos pedregulhos do chão. O Príncipe estava cada vez mais irritado.

Esporeou o cavalo, procurando algum atalho que levasse ao alto do barranco, mas, por mais que rodeasse pedras e entrasse em trilhas, perdeu completamente a pista do outro. Teve de seguir adiante, ainda ouvindo o insistente eco das risadas do Cavaleiro Indigno.

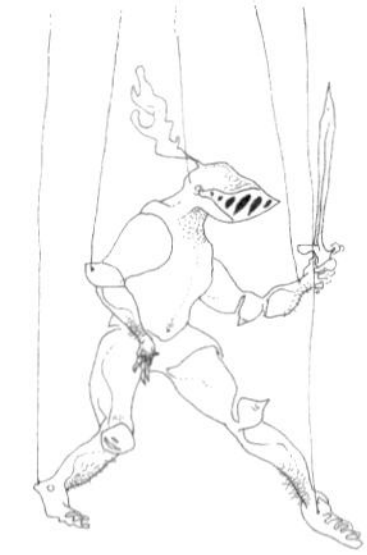

Fala o Cavaleiro

Eu sabia, muito antes de o Príncipe galopar pelos barrancos onde me escondia, que era chegada a hora de minha participação na história. Sabia ainda — e muito bem! — que isso estava determinado pelo Autor. Que mais pode acontecer ao bandido senão apanhar do mocinho e terminar vencido, expulso, desprezado?... Mesmo assim, ao ver aquele intrometido chegando, não quis desistir. Eu não ia fugir daquela história. Indigno ou não, eu enfrentaria meu destino até o fim, mas nunca de boca fechada! Não são só os heróis que podem dar sua opinião. E, ainda que na última página eu seja derrotado e acabe sozinho, sem a menor oportunidade de amar a linda Princesa — a quem ouço cantar nos jardins do castelo —, terei deixado minha palavra:

— Não esqueça, Príncipe, que você só é o herói porque está em confronto comigo. Sem um antagonista de primeira como eu, passaria a história toda sem poder praticar atos heroicos!

Ainda trazia a lembrança desagradável daquele riso, quando avistou o castelo do Rei Vizinho além dos campos. Parou, na dúvida entre seguir rumo à floresta ou pedir abrigo. Era quase noite, e o Príncipe não conseguia esquecer as ameaças do Cavaleiro, dizendo que se afastasse dali. Por que seria?...

Sem estar ainda resolvido, viu-se trotando no caminho que levava à entrada. Era como se estivesse sendo esperado: os guardas o saudaram, deixando-o passar sem problemas. Levaram seu cavalo para ser alimentado e o acompanharam ao salão, onde foi recebido pelo soberano em pessoa.

O Rei perguntou pela saúde de seu pai e mostrou-se satisfeito por hospedá-lo aquela noite.

— Fez muito bem em parar aqui! Nunca se sabe o que aquele malfeitor é capaz de fazer... Venha, meu rapaz, o jantar será servido agora. Minha filha está cuidando disso.

O Príncipe quase não sentiu o gosto das iguarias que lhe serviram ao jantar, nem ouviu as queixas do Rei sobre o misterioso Cavaleiro que vivia a ameaçar a tranquilidade do castelo. Estava fascinado pela imagem da Princesa.

A filha do Rei Vizinho era muito bonita. Depois do jantar permaneceram no salão conversando e, mesmo que ele não se interessasse pelos assuntos de que ela falava, ficou horas parado a ouvir o som de sua voz.

Como quem ouve um instrumento que não conhece ou uma música que não entende, o Príncipe não se importava com o que ela dizia: o som, apenas o som era capaz de encantá-lo.

À noite, preparando-se para dormir num quarto cedido pelo Rei, ele chegou à janela e ouviu a Princesa cantarolando num terraço que dava para o jardim. Então entendeu a raiva na voz do Cavaleiro Indigno: proibindo-o de se aproximar do castelo, impediria que ele conhecesse a Princesa. E desconfiou de que, em algum lugar na escuridão dos jardins e dos campos, aquele que chamavam Indigno também estaria encantado pela mesma voz.

Fala a Princesa

Sei que o senhor Sumário está furioso com certas pessoas porque andam se intrometendo no meio dos capítulos, dizendo coisas que não têm nada a ver com a história — pelo menos do jeito que o senhor Autor inventou. E eu acho que ele — quer dizer, o senhor Sumário — tem toda razão. O Príncipe que me desculpe, mas não devia ter começado com isso: se todo mundo resolver falar o que quiser, este livro vai virar uma confusão danada. E, então, adeus final feliz!

Eu não entendo patavina dessa tal Literatura, mas, que eu saiba, o bandido tem de ser castigado e o mocinho tem de ficar com a mocinha! Por que ele acha que foi feito Príncipe, bonito e corajoso, se não for para fazer as coisas certas? Sei que ele gostou de mim e aposto que, até o final desta aventura, vai deixar dessas bobagens de dar opinião e livrar o reino de papai daquele horrível Cavaleiro, todo suado e cheio de pó, que não para de me espionar quando passeio nos jardins.

Era o que eu tinha a dizer. Não fique zangado comigo, senhor Sumário. Eu estou do seu lado!

Capítulo III

Aventuras entre os seres encantados

Foi recebido pelo Rei Vizinho antes de a manhã romper, pois pretendia sair cedo, sem mesmo despedir-se da família real. Não queria chamar a atenção de ninguém.

— Tem razão, caro Príncipe, é melhor assim — concordou o Rei. — Aquele bandoleiro não saberá que partiu tão cedo e não o incomodará. Faça boa viagem, não se esqueça de nos visitar na volta…

Ele deixou o castelo o mais rápido possível. Não estava bem certo da razão por que fazia isso. Ninguém o esperava, a missão dada por seu pai não o atraía; ele nem mesmo temia outro encontro com o

Cavaleiro, como pensava o Rei. Mas cavalgava apressado na direção da floresta, sem prestar atenção aos campos em volta, onde os camponeses começavam a trabalhar.

Embora não quisesse confessar, levava nos olhos o rosto da Princesa e, nos ouvidos, sua voz — a repetir as palavras doces que haviam embalado seus sonhos.

Fala o Príncipe

Quanto mais eu corria para longe do castelo, mais livre me sentia. É claro que o Autor nunca diria isso, pois estava estabelecido desde a primeira página que, para cada príncipe, haveria uma princesa. Naquele momento eu percebi como isso era injusto!

Sim, ela era muito bonita e havia me encantado com sua voz, como (eu tinha certeza!) encantara o Cavaleiro Indigno. Mas ali na estrada, longe das salas iluminadas e dos jardins perfumados, eu pude pensar em toda a conversa da noite passada. E puxei as rédeas de repente, fazendo o cavalo empinar com a surpresa que tive: descobrira que, de tudo que ouvira a Princesa falar, nada se aproveitava.

— Como não percebi antes? — gritei, felizmente sem que ninguém me ouvisse. — Ela não passa de uma chata. Doce, linda, atraente e imensamente chata!

Resolvi que não voltaria ao castelo do Rei Vizinho no capítulo VI, como queria o Sumário. Seguiria o caminho traçado para meu personagem, mas jamais me casaria com aquela cabeça de vento. Não! Eu teria de passar o resto da vida sendo feliz-para-sempre com ela, e isso eu sabia que não poderia aguentar.

Depois de cavalgar vários dias sob sol forte, o Príncipe chegou à floresta. Embora satisfeito por andar agora à sombra das árvores, logo se perdeu. A trilha, que deveria atravessar a mata, às vezes sumia, às vezes fazia círculos e voltava ao mesmo lugar. Cansado de dar voltas, o rapaz apeou e olhou ao seu redor. Foi então que viu o que pensou serem animaizinhos da floresta escondendo-se por entre os arbustos. Só quando quis seguir em frente e o cavalo não o acompanhou — a crina eriçada de medo — é que percebeu a verdade: havia entrado na parte mágica da floresta, a terra dos duendes.

Risinhos abafados vieram de trás das folhagens. Dois homenzinhos estranhos, parecidos com as plantas, saltitaram próximos.

— Está perdido, não está? — disse um deles. — Podemos castigá-lo por entrar em nossas terras!

Antes que pudesse fazer qualquer coisa, uma multidão de entezinhos esquisitos saiu das plantas e o cercou. Riam, falavam e mexiam em suas roupas, curiosos.

"Esses duendes não vão me deixar passar!", pensou o Príncipe, tentando acalmar o cavalo.

Como se ele houvesse falado em voz alta, o primeiro duende respondeu, aplaudido pelos homenzinhos saltitantes:

— Quem disse isso? Nós abriremos a passagem, alimentaremos seu cavalo e ainda lhe daremos um presente!

— E o que vão querer em troca? — quis saber o Príncipe, sentindo algo estranho no ar.

Um cheiro de fumaça começava a tomar conta da mata. O rapaz percebeu o fogo se aproximando ao mesmo tempo em que ouviu a resposta do Duende:

— Mostre que pode encontrar o caminho para o lago!

No momento seguinte não havia mais ninguém com ele. Até o cavalo sumira, talvez fugindo instintivamente, pois o mato seco queimava e a fumaça fazia arder os olhos.

— Tenho que sair daqui! — gritou o Príncipe, sem saber exatamente o que acontecia.

Tentou abrir caminho entre o mato incendiado e sentiu a dor de uma queimadura na mão esquerda. Parou, dando com a trilha mais aberta à sua frente. Porém, para chegar a ela, teria de atravessar uma enorme fogueira.

Algo lhe dizia que após aquela trilha ficava o lago. E, com o intuito de encontrar água, lançou-se decidido através do fogo.

Fala a Fada

Há meses eu esperava que o Príncipe passasse por aqui. Desde o final do inverno, ao ver a luz da primavera brilhando no lago, eu havia percebido os fatos futuros refletidos no fundo das águas. Tentei não prestar atenção; entrara naquela história só para fazer meu papel de bom gênio, testar o herói e dar-lhe um talismã que o ajudaria a vencer as dificuldades. Não queria pensar em nada além disso!

E não percebia por quê, até aquela manhã em que vi movimento na floresta. "É ele!", pensei, com o coração disparado. "Assim que escapar ao fogo dos duendes chegará ao lago."

Foi então que tive de admitir que não queria pensar naquela história toda porque detestava o seu final. Não queria fazer o que todos esperavam de mim! Não queria vê-lo feliz com a filha do Rei. Queria era jogar a varinha mágica no lago e desistir dos poderes de fada!

Precisei usar toda a minha força de vontade para me conformar em entrar na página certa e não transformar o Autor do livro num lagarto. Afinal, eu era uma fada boa... Ah, como gostaria de não ser!

Suspirando, peguei o frasco de poção curativa que devia entregar a ele e entrei no capítulo III, pronta a encontrar um príncipe encantado que nunca seria o meu.

Finalmente ele pôde fechar os olhos e mergulhar as mãos na água fria do lago. Sentiu alívio nas queimaduras — o fogo tinha sido real, pelo menos enquanto tivera medo! Depois de passar deliberadamente pela fogueira, sem saber como, encontrara o lago — e lá estava seu cavalo. Amarrado à sela havia um cajado, um galho de árvore coberto por desenhos entalhados à faca.

— Eles cumpriram a promessa. É um presente...

Montou e preparou-se para contornar o grande lago. Podia ver muitos pássaros voando sobre as águas e, do outro lado, a encosta da montanha que deveria subir. Pouco havia cavalgado, porém, e logo parou. Vira uma passagem em meio ao lago, um caminho sólido que só bem de perto era visível. Uma ilusão? Talvez, mas era por ali que vinha andando uma moça, quase planando como as aves.

Ela sorriu ao chegar perto dele. Trazia nas mãos um pequeno frasco.

— Seja bem-vindo, Príncipe. Deve acompanhar-me para que cure seus ferimentos.

— Quem é a senhora?...

Sem responder, ela voltava pelo mesmo caminho, direto para a outra margem do lago. O Príncipe não se surpreendeu com isso. Apeou, tomou as rédeas do cavalo e foi atrás dela. Caminhando entre aves e peixes, lembrava-se das lendas que sua mãe contava sobre a Fada protetora do reino.

"Ela parece tão jovem!", pensava. "Não pode ser a mesma Fada que presenteou o reino com sete chuvas, quando nasci."

— O espaço e o tempo funcionam de forma diferente para os seres encantados — disse ela, em resposta a seus pensamentos. — Aqui, o que parece real nem sempre é verdadeiro...

Haviam chegado a uma estranha casa, parecida com um viveiro de pássaros. Ela abria cuidadosamente o frasco em suas mãos.

— Este bálsamo vai curar suas queimaduras. Mas a primeira impressão será de dor, e mais forte que a causada pelo fogo. Quer dar-me suas mãos, Príncipe?

Ele deixou que a Fada cobrisse todas as queimaduras com o líquido. Não fechou os olhos dessa vez, embora a dor fosse a mais forte que já sentira. Olhava para ela firmemente, com medo de que fosse um sonho e desaparecesse de repente, sem deixar vestígios.

Não restava dor alguma quando ela lhe serviu um jantar leve e lhe desejou boa noite. O Príncipe adormeceu sem sonhar na casa do lago, guardado por centenas de seres alados. Pela manhã teria pressa em continuar sua viagem rumo às montanhas.

Fala o Príncipe

Acordei no dia seguinte e não me surpreendi ao ver que a sala, a casa toda e até o caminho sobre o lago haviam desaparecido. Somente os pássaros esvoaçavam por toda parte... Procurei pelos ferimentos que o fogo da floresta me causara e também não os encontrei. Em compensação, o cavalo andava por perto, pronto para seguir viagem. O alforje amarrado à sela estava abastecido de alimentos, e, preso junto ao cajado dos duendes, vi o frasco de bálsamo que me curara as queimaduras.

"Por que devo continuar?", pensava, ao montar e seguir rumo à encosta da montanha. Procurava uma desculpa para esquecer o reino, o Sábio, a chatíssima Princesa e permanecer às margens do lago esperando que algum sortilégio trouxesse a Fada de volta ao mundo real. Se é que aquele meu mundo era mesmo real... Mas uma certa raiva me empurrava para a frente. Ela havia desaparecido por sua própria vontade, sem nem ao menos despedir-se de mim. Mulheres...

Na falta de coisa melhor para fazer, continuei seguindo as ordens do Autor do livro. Mas que vontade eu tinha de trocar de lugar com meu antagonista e morrer no final, livre de tudo aquilo!

Capítulo IV

Nas montanhas, em busca do Velho Sábio

Não era mais possível subir a cavalo. O caminho se tornava íngreme, as trilhas estreitas. Alguma coisa mágica parecia estar no ar, pois, assim que o Príncipe desmontou, o cavalo desceu para a encosta e pôs-se a pastar docilmente.

"Pelo menos o cajado vai ser útil agora!", refletiu o rapaz, firmando-se sobre as pedras e recomeçando a subida a pé. Prendera à cintura os últimos alimentos que restavam e o frasquinho com o bálsamo da Fada.

Esteve a ponto de desistir várias vezes, cansado por tudo que acontecera desde que deixara o castelo.

Ainda assim prosseguiu, escalando pedras, saltando fendas e evitando parar.

Já quase no alto da primeira montanha, desanimou. Não havia sinal de vida por ali! Só arbustos secos e rochas... Começou a duvidar de que o Velho existisse realmente. Segurou o medalhão, como quem procurava uma certeza. Foi então que ouviu, vindo de algum lugar entre as paredes rochosas, uma voz a chamá-lo.

Guiado pela voz, entrou numa espécie de gruta escura. Lá, sentado num banco de madeira tosca, estava o ermitão.

— Eu o esperava — disse, depois de examinar o rapaz por algum tempo.

O Príncipe tirou o medalhão do pescoço e, um pouco sem jeito, entregou-o ao Velho.

— Aqui está o medalhão — começou ele. — Meu pai quis que eu viesse aprender as suas ciências.

O homem andou pela caverna com agilidade apesar de toda sua velhice. Tinha longas barbas e apoiava-se num cajado entalhado, semelhante ao do Príncipe, só que já bem gasto.

— Venha! — disse, fazendo sinal ao rapaz para que o seguisse.

Entraram por uma abertura que levava a um extenso labirinto cavado no centro da montanha. A aber-

tura cerrou-se depois que eles passaram, e o Príncipe não sabia quantos meses se passariam até que saísse de lá.

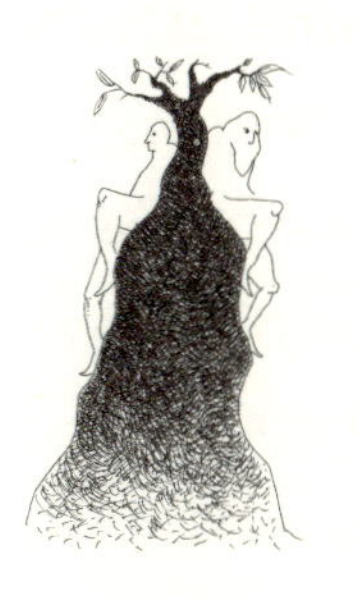

Fala o Sábio

É uma pena que eu, com minhas barbas brancas e minhas dores nas costas, tenha de aguentar um capítulo inteiro de asneiras. Eu nunca disse a ninguém que ensinaria o rapaz a ser sábio em poucas lições. Como se fosse fácil!...

O Sumário anda furioso com quem se atreve a dar sua opinião, mas comigo ele não se mete. Pensa, como muita gente, que por estar velho devo obrigatoriamente ser bonzinho e sábio. Ora, a sabedoria! Há muitos mais velhos que eu e com mais cara de sábios ainda; no entanto, passaram a vida meditando num canto e não aprenderam nem ao menos a divertir-se!

Bem, eu me diverti. Ainda agora me divirto ao ver a situação armada dentro deste livro. Quanta inquietação! A Fada está querendo sumir do capítulo III, tomada de uma paixão pelo Príncipe; o Prefácio anda louco à procura de emprego noutro lugar, nem que seja num livro de receitas; e todos — dos duendes aos reis — esperam que o pobre rapaz entre nas grutas da montanha e delas saia com todas as ciências da vida na cabeça...

Não pretendo fugir ou mudar de capítulo, senhor Sumário, pode ficar tranquilo. Mas, quanto a ajudá-los a enfiar sabedoria na marra pelo cérebro dele adentro, desistam! Se depois de estar comigo ele se acostumar a pensar, já será uma grande coisa. E prestem atenção ao que eu disse, pois é a única coisa sábia que direi no capítulo inteiro!

Ninguém jamais soube exatamente quanto tempo o Príncipe passou nas montanhas, vivendo nas grutas do Velho Sábio.

— Que dia é hoje? — ele perguntava às vezes. O Velho olhava ao redor e farejava o ar.

— Primavera, é claro — respondia. — Tempo de colher as frutinhas que nascem a leste da montanha. Vamos até lá.

E os dois partiam em busca das tais frutas. O Príncipe logo se acostumou àquela vida. Embora pensasse ter ido ali para aprender coisas, o Velho parecia não lhe ensinar nada. Os dois cuidavam apenas de permanecer vivos, aproveitando para isso os ciclos da natureza. Passavam dias andando pelas entradas e saídas da montanha, colhendo frutos e raízes ou pe-

netrando nas fendas das cavernas à procura de nascentes de água. Quase não falavam, e o rapaz tinha tempo de pensar em tudo que lhe acontecera.

Um dia, ao vislumbrar lá do alto parte do lago e da floresta, contou ao Velho os pensamentos que andara remoendo.

— É como se cada trecho da minha viagem fosse parte de um quebra-cabeça. Conheci pessoas, senti raiva, dor, cansaço, e achava que era importante chegar. Só agora me parece que a viagem era o que importava, e não a chegada.

O ancião pensou um pouco no que o Príncipe dissera. Depois remexeu em seu manto e tirou dele o medalhão que o rapaz lhe entregara ao chegar.

— É hora de voltar. O outono se aproxima e não há motivo para ficar aqui até o inverno. Leve isto de volta, vai lhe ser útil.

O Príncipe tomou o medalhão nas mãos, surpreso. Por que o Velho o estaria devolvendo e despedindo-o? Não perguntou nada, pois sabia que não adiantaria... Começou a preparar seus poucos objetos para a viagem de volta ao castelo do Rei. Prendeu o medalhão à sela do cavalo, que encontrou à sua espera na saída da gruta. Junto iam o bálsamo da Fada e o cajado dos duendes.

"São mesmo como peças de um jogo", pensou. "Só espero um dia entender por que devo levá-los comigo!"

Fala o Príncipe

Nessa altura da história já havia tomado minha decisão. Não bastava somente esclarecer os pontos não explicados pelo Autor: eu queria escolher meu próprio caminho, não seria mais uma peça perdida num jogo. Chega de ser um Príncipe bonzinho em busca de um final feliz! Sim, o livro ainda me traria muitas armadilhas, e eu sabia que não seria fácil escapar delas. Ainda que lutasse pela minha liberdade, doía-me pensar que todos achariam que eu lutava pelo amor daquela Princesa... Mas uma coisa aprendi com o Velho Sábio, embora ele dissesse que não me ensinaria nada: vale a pena encarar o que a vida traz.

Ao deixar as montanhas, não tinha certeza do que faria; só sabia que, o que quer que eu fizesse, seria por minha vontade, e não pela do Autor do livro!

Era nisso que eu pensava enquanto descia pelo lado oposto da encosta, antes de ser cercado pelos salteadores.

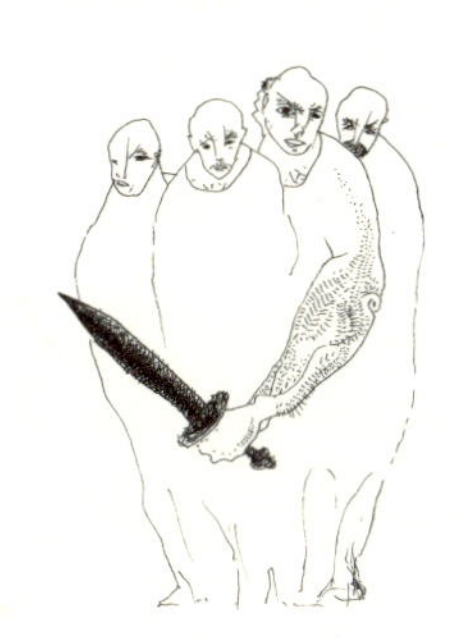

Capítulo V

Preparado para enfrentar o perigo

Do outro lado da montanha a descida era menos perigosa, e foi por lá que o Príncipe desceu. Ele não tinha mais as preocupações do início da viagem, porém sabia agora que qualquer coisa poderia acontecer e que deveria estar alerta para o perigo.

Foi por isso que não se surpreendeu ao ver-se cercado por homens estranhos, depois de uma curva mais fechada no declive.

— Pare aí! — gritou o mais alto deles. — E não tente fugir!

Eram salteadores. Ali o Príncipe não teria ajuda de guardas, cavaleiros ou seres encantados. Estava ainda longe da floresta e das terras do Rei Vizinho. Teria de arranjar-se sozinho...

— O que querem? — perguntou, tentando manter a calma. — Não trago nada valioso.

— É o que vamos ver! — resmungou outro deles, aproximando-se.

Remexeram no alforje, não encontrando nada a não ser frutas secas. O rapaz não se parecia nada com um príncipe depois de passar aquela temporada nas montanhas! Afinal encontraram o medalhão.

— Não vale grande coisa — disse o mais alto, que era o chefe. — Mas é melhor que nada. Sorte sua ter alguma coisa para nós, rapaz!

Um dos salteadores apontava uma espada afiada para o rapaz. O Príncipe sentiu medo, claro, porém conseguiu manter-se impassível.

— O que faremos com ele? — perguntou o sujeito, mal-humorado.

O chefe já entrava por uma passagem na encosta da montanha, totalmente oculta por arbustos.

— Será meu convidado para o jantar! — respondeu, rindo. — Quem sabe ele queira tornar-se um dos nossos?

Entre risadas, os homens foram se encaminhando para o esconderijo. O Príncipe teve de segui-los, cavalgando com muito cuidado para não despencar pelas fendas do caminho. Logo chegaram a um vale escondido no sopé da montanha.

Era um refúgio perfeito, que ninguém do lado de fora suspeitaria pudesse existir.

Fala o Chefe dos Salteadores

Naturalmente, percebi na hora quem era aquele rapaz. Não sou nenhum idiota, sei muito bem reconhecer um príncipe-mocinho-de-história quando vejo um. E aquele era dos legítimos, se bem que não tivesse um ar muito satisfeito. Ficou no esconderijo alguns dias e não se queixou da comida nem da falta de conforto. Na verdade ele parecia estar gostando de estar ali! Quase o convidei seriamente para ficar e tornar-se parte do bando. Ele seria bem capaz de aceitar... O Sumário ficaria morto de raiva — imaginem só, o herói tornando-se bandido! Mas acabei desistindo.

Eu era um salteador responsável, não poderia aceitar qualquer um no bando; aquele Príncipe disfarçado era gente boa demais para o serviço. Não tinha a menor experiência, duvido que houvesse pelo menos chutado a canela da babá quando pequeno ou roubado chocolates na despensa da Rainha. Não daria um bom assaltante... O Sumário pôde suspirar de alívio: fiquei com o cavalo e o medalhão, que renderiam alguma coisa, e mandei o rapaz embora.

O Príncipe não sofreu nada entre os salteadores, a não ser a perda do cavalo. É verdade que teve de ocultar seu nome e agir como um pobre viajante. Quanto ao medalhão, como dissera o Sábio, um dia seria útil...

Quando foi libertado seguiu viagem, levando apenas seu velho alforje e o cajado entalhado. O caminho seria bem mais longo a pé, mas ele não se importou: sabia que tivera sorte por escapar com vida!

Seguiu na direção do Reino Vizinho, guiado pela visão das torres do castelo; elas apareciam muito longe, além da floresta.

Ao entrar na mata, o Príncipe não reconhecia o caminho; no entanto, sabia que era a mesma trilha por onde viera.

"Espero não encontrar os duendes e suas fogueiras desta vez!", pensou. Não imaginava que encontraria perigo maior que fogueiras mágicas. Andava com muito cuidado, e começou a ouvir vozes entre os arbustos quando pensava já estar prestes a deixar a floresta.

"Os duendes!", murmurou, pondo-se em guarda.

Não era preciso temer, desde que não fizesse barulho. Logo percebeu que os pequenos seres estavam assustados e cochichavam sem sair das plantas.

— Ninguém pode chegar ao castelo! — dizia um.

— Nem mesmo nós com nossa mágica! — choramingava outro.

— A Feiticeira tem muito mais poder que nós — murmurava um terceiro. — A Princesa nunca escapará dela e do Cavaleiro...

O Príncipe prendeu a respiração e continuou andando sem ruído. Não sabia o que pensar. Daquela forma estranha, descobrira que muita coisa havia acontecido durante o tempo que passara nas montanhas. O Cavaleiro Indigno, aliado a uma poderosa Feiticeira, prendera por artes mágicas a Princesa, no próprio castelo do pai.

Fala a Feiticeira

Eu disse à Fada logo que soube o que estava acontecendo: "Isso vai dar encrenca". E estava certa. Há muitos séculos que lido com feitiços e magias, tenho experiência suficiente para entrar e sair desta história tranquilamente. Está certo que meu papel era pequeno, só devia fazer um encantamentozinho e prender a antipática (digo, a Princesa) com espinheiros venenosos, à mercê do Cavaleiro Indigno.

Fiquei consternada quando vi que a Fada, coitada, acabou se apaixonando pelo Príncipe. Eu a aconselhei, é claro, apesar de não ser comum uma bruxa dar conselhos a uma Fada. Se eu estivesse no lugar dela, esqueceria aquele rapaz. Logo mais ele se casaria com a metida (digo, a Princesa) e nós voltaríamos à nossa vida encantada, sem complicações. Mas quem diz que ela me ouviu?

Paciência, então. Embora sejamos antagonistas e eu veja meus encantamentos desfeitos no final, será ela — a vencedora — quem sofrerá. Pobre menina! Eu não cairia nessa. Não trocaria meu papel pelo daquela chata (digo, Princesa) nem que ela desse de troco o castelo, as joias, as anáguas de renda e mais toda a sua coleção de papéis de carta!

Pouco depois de deixar a floresta, o Príncipe viu o castelo. Parecia ter transcorrido um século: estava cercado por galhos secos, espinheiros e uma constante névoa, como nuvens baixas de chuva. O rapaz foi se arrastando entre os arbustos do antigo jardim, agora seco, tentando ver uma passagem.

Parou ao perceber movimento. Uma mulher estranha passava, e os espinhos se afastavam para deixá-la caminhar.

"Deve ser a Feiticeira", concluiu. Assim que ela desapareceu, ele tentou seguir na direção oposta, rumo à entrada do castelo. Logo percebeu que os espinhos queimavam como fogo quem os tocasse. Não podia prosseguir! A não ser que...

Lembrando-se de algo, ele tirou do alforje o frasquinho que a Fada lhe dera havia algum tempo. Molhou as mãos com o líquido. Arderam tanto que ele imediatamente se arrependeu. Mesmo assim, respirou fundo e experimentou tirar com as mãos os galhos envenenados de sua frente.

Eles não o feriam mais! Protegido pelo bálsamo mágico, pôde abrir caminho até chegar à entrada.

O castelo estava abandonado. Que teria acontecido ao Rei e seus guardas? Entrou, tentando encontrar o salão principal nos corredores escuros... E ouviu o eco da doce voz da Princesa, vindo de algum lugar ao longe. Virou-se bruscamente, querendo seguir o som. Então sentiu-se cair.

Era uma armadilha!

Levantou-se, braços e pernas doloridos. Estava no fundo de um poço, provavelmente nos subterrâneos do castelo.

Escutava, espalhando-se pelos corredores, o riso desagradável do Cavaleiro Indigno.

Fala o Cavaleiro

Claro que eu tinha de rir. Ele cai em minha armadilha feito uma galinha choca, e nem ao menos desejava salvar a Princesa! Eu fazia aquilo porque queria. Nunca neguei que ela havia me enfeitiçado completamente... Quanto ao Príncipe, o que tinha de ir fazer ali? Eu já estava até o pescoço de preocupações. Prender a moça no castelo e espantar a corte com os espinheiros venenosos dava um trabalho enorme! Além do mais, a Feiticeira me cobrou caríssimo pelo serviço. Nesses detalhes o Autor não fala. Mas ele poderia ter inventado um rapto mais barato!

Quando o bobalhão metido a herói chegou, pobre-diabo, despencou feito manga madura no poço que eu havia preparado. Tive pena dele, juro que tive, apesar de saber que eu é que levaria a pior no final... Deixei-o lá mofando três dias. Aproveitava para fazer a Princesa cantar para mim nesses dias. Fui até feliz, então! Passado esse tempo, tomei as espadas preparadas para o duelo e fui esperá-lo próximo à torre. Era o momento crucial do livro, e eu não fugiria. Por incrível que pareça, o duelo final não me preocupava. Pensava era em como conseguiria pagar os serviços da bruxa!

Capítulo VI

Prisioneiro no castelo enfeitiçado

Três dias se haviam passado sem que nada acontecesse. O Príncipe quase nada enxergava no fundo de um poço úmido. Além do mais, chovera. Ele tentara cavar uma passagem para fora, jogara-se contra as paredes, arranhara as mãos e o rosto, e nada conseguira.

Assim que o terceiro dia amanheceu, a chuva passou e alguma claridade veio do alto do poço. Ele não dormira. Tivera tempo para refletir e preparou-se para fazer outra tentativa. Com a ajuda do cajado, começou a apoiar-se nas pedras que formavam as paredes, para subir. Eram muito lisas, algumas pontiagudas, mas o cajado parecia treinado para encontrar fendas insuspeitas. Com aquele apoio o rapaz foi subindo.

Muitas vezes escorregou, outras caiu, desajeitado. Era preciso continuar! Ele tinha certeza de que a mágica do cajado o ajudaria. Com um último salto, alcançou o alto do poço. Sentiu o cajado quebrar-se sob seus pés, mas acabou saindo.

Deitado no chão, agradecendo mentalmente aos duendes, ele se viu novamente à entrada do salão principal. Levantou-se. O castelo, não tão escuro agora, estendia-se à frente dele como um enorme labirinto de salas vazias. Por onde ir?

Como se soubesse que ele estava próximo, a Princesa prisioneira começou a cantar. Era a mesma canção que ele ouvira na noite em que se hospedara ali... A voz, embora fraca, ainda tinha o poder de encantar. Ele foi seguindo pelo castelo deserto, subindo escadarias empoeiradas e saltando espinheiros que se infiltravam pelas janelas. Afinal chegou à base da última torre.

De lá vinha a voz dela. E ali o Cavaleiro Indigno esperava por ele, estendendo-lhe uma espada, pronto para a luta.

Fala o Príncipe

Eu não tinha a menor intenção de lutar com ele. Enquanto ouvia o canto da Princesa, fui seguindo, encantado pela voz, como sempre acontecia. Mas, assim que nossas espadas se chocaram pela primeira vez, ela parou de cantar e surgiu no alto da escadaria que levava à torre. Não sei como abrira as portas, só sei que vê-la foi o bastante para quebrar o encanto... Tive ímpetos de fugir correndo, mandar a história, o Sumário e o Autor às favas! E pensava em como fazer isso sem sair machucado pelo Cavaleiro, quando ele avançou sobre mim. Não posso explicar direito o que aconteceu, se eu o feri ou se ele se feriu sozinho. No momento seguinte ele estava caído, com um belo ferimento na perna, o sangue espalhando-se pelo chão.

Corri à procura de meu alforje, caído em algum canto: havia ainda bálsamo no frasquinho dado pela Fada. Ah, a Fada! Não podia deixar de pensar nela ao abrir o vidro e derramar seu conteúdo nos ferimentos do Cavaleiro, principalmente porque a chata da Princesa despencou escada abaixo, choramingando ao ver sangue, chamando-me de seu herói, príncipe encantado e outras tolices.

Bem, ela estava salva e o Cavaleiro Indigno, derrotado. Os espinheiros começavam a desaparecer magicamente, abrindo caminho para que o Rei e toda a corte voltassem. Querendo ou não, tinha cumprido meu papel...

A luta foi curta. O Príncipe tomou a espada e pôs-se na defensiva. E embora estivesse cansado e mal-alimentado, foi o Cavaleiro quem tombou, ferido ou morto.

Como se esperasse por aquilo, o encantamento começou a desfazer-se: o emaranhado de espinhos recuou e a Feiticeira, com um grito, fugiu para muito longe. A luz do sol, que não penetrava lá havia meses, desfez a névoa e brilhou nos vidros das janelas.

Postados na estrada a vigiar, guardas do Rei viram o que acontecia e correram a avisar seu soberano... Logo vários cavaleiros entravam a galope pelos jardins do castelo, espantando os restos de encantamento que ainda pairavam no ar.

Encontraram a Princesa, amparada pelo Príncipe — ou talvez fosse o contrário —, descendo ao salão. Mas ninguém viu o corpo do Cavaleiro Indigno. Apenas as gotas de seu sangue manchavam o chão da sala próxima à torre, atestando que fora vencido.

O Rei mandou soldados à procura dele pelos campos e cidades. Contudo, não foi encontrado, morto, ferido ou são. Por muito tempo, pessoa alguma ouviu falar nele, e todos julgaram que houvesse perecido devido aos ferimentos.

Houve festa nos dois castelos. Um Rei festejou o salvamento da filha, o outro a volta do filho consagrado como herói. As festas aproximaram bastante os dois monarcas, irmanaram os reinos e se prolongaram por vários dias.

Fala a Princesa

Sim, eu sei que deveria estar feliz. Tudo aconteceu como tinha de acontecer. Até o Príncipe, no começo tão arisco, fez o que devia. Só me restava esperar que as festas terminassem e que os reis se encontrassem para decidir sobre nosso casamento... o último detalhe para encerrar nossa história.

Não sei por quê, comecei a sentir falta de alguma coisa. Não era do Príncipe, pois ele ainda estava ali, embora mais magro, queimado de sol e sempre com aquela sua cara de enjoamento. Não! Eu não sentia a falta dele.

Enquanto a festa corria nos salões, subi à torre onde ficara presa e espiei pela janela. A música da festa ecoava nos jardins iluminados... Como ninguém me ouvia, eu cantei. Lentamente, suavemente, bem baixinho, fui até o final da canção.

Então soube do que sentia falta: de um estranho, suado e cheio de pó, que costumava seguir-me pelos jardins quando eu passeava, e ouvir-me escondido na mata quando eu cantava.

Agora tudo estava acabado, e nunca mais na minha vida eu teria de fugir dele. Aquilo não estava na história, mas eu chorei, achando que nunca mais conseguiria cantar.

Epílogo

O medalhão se fora, roubado pelos salteadores. O bálsamo terminara, restando dele apenas um frasco vazio. O cajado entalhado se quebrara, ajudando o Príncipe a escapar do poço.

O quebra-cabeça estava completo e ele estava novamente em casa de seus pais, livre de duendes, assaltantes e feiticeiras, sentindo-se muito mais velho do que ao partir dali.

Mas sabia que não ficaria por muito tempo.

Um dia, pouco depois do término das festas, ele acordou antes do Sol. Deixou os quartos, onde o Rei e a Rainha dormiam tranquilos. Passou pela cozinha, colocando alguns alimentos num alforje novo. Em seguida desceu às estrebarias reais. Lá, com bastante calma, escolheu um cavalo.

O Sol começava a aparecer quando ele deixou o castelo. Dessa vez sem nenhum talismã, sem raiva, sem solidão ou medo, o Príncipe galopou.

À sua frente a floresta, o lago, a montanha, o Reino Vizinho.

À sua frente o mundo, onde, em alguma janela de um castelo, uma Princesa cantaria sua canção encantada.

* * *

Fim

O outro lado do epílogo

Fala o Príncipe

Não posso me queixar. Mesmo achando que não tinha vocação para Príncipe, acabei fazendo o que esperavam de mim. Não me arrependo, não. Sempre pude dizer o que pensava e mostrar o outro lado da história, aquele que o Autor não contou. Que ele me desculpe por isso... E eu o desculparei pelo caminho difícil que me fez percorrer.

Agora sou livre, parto e divido minha liberdade com os leitores. Imaginem o que quiserem! Que eu vou ao Reino Vizinho, ao encontro da Princesa — apesar de os boatos dizerem que ela partiu com um Cavaleiro desconhecido, que galopava mal por estar se recuperando de um ferimento na perna. Ou que eu vou voltar a subir a montanha para aprender mais ciências de um Velho Sábio que não ensina nada a ninguém. Ou, se preferirem, imaginem que eu vou atravessar a floresta e o lago, pronto a enfrentar qualquer perigo e a pagar qualquer preço para reencontrar uma Fada, que nem ao menos sei se é real ou ilusão.

Os leitores que escolham o seu lado da história.

Eu apenas parto e, em algum ponto da viagem, sei que escolherei meu destino.

Fim

AUTORA E OBRA

Quando entrei em casa, o telefone estava tocando. Corri para atender...

— Alô!

— Quero falar com a dona Rosana Rios, ela está?

— Sou eu. Quem quer falar comigo?...

— Bom dia pra senhora. Aqui é o Sumário do seu livro *O outro lado da história.*

— Como vai, senhor Sumário? Mais sossegadinho agora?

— Que nada, dona Autora. Esse seu livro quase me deixou maluco! É por isso que estou telefonando...

— Pensei que tudo houvesse acabado bem no fim do livro!

— Que acabou, acabou. Mas, com esses personagens malucos, a gente nunca sabe... Será que a senhora não podia me colocar num dos seus outros livros? Acho que vou me sentir mais seguro.

— Outro livro? Bem, talvez o senhor queira ir para *O segredo das pedras* ou *O livro das encrencas.*

— Nada feito. Não gosto de segredos e já tive bastante encrenca na vida...

— Eu escrevi também *A terrível arma verde, O homem que pescou a Lua, O incrível duelo de Magia...*

— Pior ainda! Não quero saber de armas, pescarias ou duelos. A senhora não tem um livro assim mais tranquilo?...

— Que tal *Marília, mar e ilha*? Com ele eu ganhei o primeiro prêmio na Bienal Nestlé de Literatura em 1991...

— Deus me livre, dona Rosana Rios! Esse livro tem mar, e eu não sei nadar.

— O senhor é muito complicado. Será que vai querer ir morar nos livros *Pôr do sol e pão de queijo* ou *O mistério da terceira meia*?

— De jeito nenhum! Mas ouvi dizer que a senhora escreve peças de teatro. Não tem lugar numa delas pra mim?

— Bem, minha peça *O gnomo e a árvore encantada* ficou vários anos em cartaz...

— Não serve. Muito encantamento pro meu gosto.

— Tá difícil, senhor Sumário. Só se quiser morar num dos roteiros que escrevi para programas infantis da tevê. Tenho dúzias deles!

— Televisão? Nem pensar. Prefiro ficar onde estou! A não ser que a senhora tenha um quarto vago aí na sua casa...

— Ah, não tenho. Aqui em casa já moramos eu, meu marido, nossos dois filhos, a cachorrinha, o microcomputador, um monte de plantas, milhares de livros, alguns quadros, o piano, a coleção de gibis, sem falar na máquina de lavar roupa e na...

— Chega! Não quero ir morar aí, não. Mas se por acaso a senhora escrever algum livro bem sossegado, onde nada aconteça...

— Pode deixar que boto o senhor nele, seu Sumário. Prometo!

— Então até outro dia, dona Autora.

— Até outro dia...

Aí ele desligou. Imaginem! Um livro bem sossegado, onde nada aconteça! Vocês estão vendo só o que uma pobre Autora de histórias pra crianças e jovens tem de aguentar?!

Rosana Rios